I0548444

DISSERTATION

SUR LA

PROPRIÉTÉ LITTÉRAIRE

ET LA

LIBRAIRIE CHEZ LES ANCIENS,

LUE, LE 27 NOVEMBRE 1827,

A LA SOCIÉTÉ D'ÉMULATION DU DÉPARTEMENT DE L'AIN,

Par M. F.-A. Pic,

L'UN DE SES MEMBRES CORRESPONDANS,

JUGE AU TRIBUNAL CIVIL DE LYON.

LYON,

IMPRIMERIE DE J. M. BARRET, PLACE DES TERREAUX.

1828.

DISSERTATION

SUR LA

PROPRIÉTÉ LITTÉRAIRE

ET LA

LIBRAIRIE CHEZ LES ANCIENS.

Il est peu de choses entièrement nouvelles ; tout a été dit : le génie seul peut inventer et créer. Les savans de tous les âges, soit en s'appropriant les idées et les découvertes des anciens, soit en puisant dans leur propre fonds, ont fait, sur le vaste champ ouvert à l'esprit humain, une immense moisson, après laquelle l'homme que sa destinée a placé dans le mouvement des affaires publiques, ne peut que glaner quelques épis, si le goût des lettres le porte à consacrer ses loisirs à l'étude. Ces fruits modestes du travail, recueillis sur les traces de tant d'auteurs distingués, ne peuvent avoir aux yeux des personnes à qui ils sont communiqués, qu'un seul mérite, celui de l'à-propos. Ce n'est encore qu'en éveillant quelques souvenirs, en portant l'attention sur des points intéressans de l'histoire ou de la littérature, qu'ils parviendront à flatter le goût des

gens éclairés. S'il m'était permis de prétendre à quelque
genre de succès, avoir procuré un instant d'agréable
distraction à mes auditeurs serait le seul auquel j'oserais
aspirer, en leur soumettant mes recherches et mes idées
sur la propriété littéraire et sur la librairie des anciens.

La propriété littéraire était-elle connue chez les peuples
civilisés de l'antiquité? les Grecs et les Romains l'avaient-
ils placée dans le patrimoine des auteurs, et si, en
comparant à nos usages les usages de ces peuples, la
différence dans les moyens de reproduire un écrit en
établissait une nécessaire dans l'étendue des droits que
faisait naître sa composition, pouvait-on du moins la
considérer comme procurant, d'une manière quelconque,
un avantage pécuniaire au poète ou à l'historien?

Deux professions dont l'exercice se lie à notre sujet,
étaient en usage à Rome et à Athènes, élevées à leur plus
haut point de célébrité, et un peu plus tard elles l'étaient
aussi à Lyon, devenu la capitale littéraire des Gaules:
c'étaient celles de libraire et de bibliopole (1).

Quelquefois un esclave, ou même un affranchi, voué
au service de la personne, s'occupait à écrire ou à copier
ses ouvrages et sa correspondance (2): cet homme faisait partie de la famille, il habitait avec elle, c'était le
secrétaire du maître, quelquefois son conseil et son
ami (3); on l'appelait *librarius*. Tiron fut long-temps

---

(1) Martial, Cicéron, Horace, Pline, Juvénal, Corps
de droit, etc.

(2) Sed peto a te ut quam celerrime mihi librarius mit-
tatur, maxime quidem Græcus.... *Cicero filius Tironi* apud
Cic. XVI *ad Famil.* 21.

(3) Sed heus tu, qui κακῶν esse meorum scriptorum

celui de Cicéron ; c'est lui qui nous a conservé ses écrits immortels.

Mais lorsqu'un citoyen se destinait à ce genre de travail, lorsqu'il écrivait pour quiconque voulait l'employer, et qu'il trouvait ainsi des moyens d'existence ou de fortune pour lui et sa famille, on le nommait encore *librarius*, et sa profession, quoiqu'alors peu honorée, était néanmoins indépendante, comme toutes celles qui, dans Rome, contribuaient à satisfaire les besoins ou le luxe.

Il paraît cependant que cette même profession était le plus souvent exercée par des esclaves qui, travaillant pour le public, rapportaient néanmoins tous les profits à leur maître, d'après les règles de la législation romaine (1). L'éducation qu'ils recevaient dans la famille, celle qui leur était donnée par le spéculateur qui les destinait à être vendus à un prix proportionné aux dépenses qu'il avait faites pour eux, en formait naturellement parmi les autres esclaves une classe distincte, celle des libraires ou copistes ; elle fournissait des secrétaires à quiconque pouvait les acheter et les entretenir, et des écrivains aux éditeurs d'ouvrages et même aux auteurs ; c'étaient, pour ainsi dire, leurs imprimeurs.

Les monumens anciens n'indiquent point que les

---

soles. Cic. *Tironi* XVI *ad Famil.* 17. Innumerabilia tua sunt officia,..... in studiis, in litteris nostris.... *ibid.* 4 *et passim*. Ego hic cesso quia ipse nihil scribo ;.....tu istic, si quid librarii mea manu non intelligent, monstrabis. *Ibid.* 22.

(1) Instit. *de his qui sui vel alieni juris sunt*, tit. VIII, § 1.

librarii, voués à un travail presque matériel, fissent en
même temps le commerce des livres ; tout laisse présumer,
au contraire, que cette industrie était exercée exclusive-
ment par les bibliopoles (*bibliopolæ*), qui sont main-
tenant nos libraires : ceux-ci produisaient et multipliaient
les ouvrages, en les faisant transcrire par les moyens
que nous venons d'indiquer, et les livraient ensuite aux
acheteurs.

Des citations recueillies dans Xénophon, Martial,
Pline et autres auteurs latins et grecs, attestent l'existence
de ce trafic chez les anciens, et prouvent que souvent il
était fait par des hommes éclairés, quoique presque toujours
affranchis de l'esclavage : plusieurs d'entr'eux furent ho-
norés de l'amitié des grands génies de leur siècle (1).

C'était, ou sur des ouvrages déjà publiés et placés
depuis plus ou moins long-temps dans le commerce, ou
sur des écrits nouveaux qu'ils tenaient des auteurs mêmes,
et dont ils se rendaient les éditeurs (2), que les *bibliopoles* faisaient les spéculations destinées à les indemniser
de leurs dépenses et surtout des frais de copie.

Lorsqu'ils voulaient reproduire une ancienne édition,
il ne paraît pas qu'ils fussent assujettis à aucune obli-

---

(1) Quintilien, *Instit. Orat.* I, *Tryphoni bibliopolæ.*
Pline, *epist.* IX, 11, *Geminio.*

(2) Epistolarum... eas ergo oportet perspiciam, corrigam,
tum denique edentur. Cic. *ad Attic.* XVII. Pline., *loc. cit.*
Justinien, *Instit.*, lib. IV, tit. IV, §. 1. Ulpien, l. 5,
§. 9. ff. de injuriis. Hic meret æra liber Sosiis...Horace,
de Arte poetica, 344.

gation envers le premier éditeur ou envers l'auteur et
sa famille ; et ce fait qui, dans nos mœurs, constitue la
contrefaçon, ne se trouve qualifié par aucune des lois
romaines, et ne figure nullement dans leur nomenclature
des délits ; il faut donc le considérer comme ayant été
licite, surtout quand on voit que le peuple romain
avait des formules spéciales pour chaque action, soit
qu'elle puisât son principe dans un contrat, soit qu'elle
le puisât dans un délit. On se placerait en vain dans le
champ de l'interprétation, pour trouver quelque texte
du corps de droit, applicable, même d'une manière
générale, au bibliopole qui reproduisait un ouvrage
acheté par un confrère, et lui causait ainsi un pré-
judice notable. Il serait difficile, l'histoire n'en ayant
pas conservé la trace la plus légère, de convaincre
que cette fraude ait jamais donné lieu à une action
juridique.

Le bibliopole vendait ses livres, on n'en saurait
douter ; Martial nous l'apprend dans plusieurs de ses
mordantes épigrammes : il nous fait même connaître que
son recueil valait cinq deniers.

. . . . . . Dabit. . . . . .
Denariis tibi quinque Martialem (1).

Un auteur raconte que Platon acheta, au prix de cent
mines, trois petits traités de philosophie de Philolaüs (2).

---

(1) Lib. I, epig. 117.
(2) Diog. Laër. in Plat., lib. III, §. 9, lib. VIII, §. 85.
A. Gell. l. III, cap. 17.

Dans l'antiquité comme dans les temps modernes , l'amour de la gloire ne put pas toujours être le mobile des auteurs et le but unique de leurs travaux ; ou du moins , ce serait mal juger le cœur humain , de penser qu'après avoir consacré de longues veilles à produire un ouvrage capable de satisfaire une ambition aussi noble , les écrivains aient négligé les intérêts matériels qui s'y rattachaient si naturellement et qui pouvaient embellir leur vie en augmentant leur aisance.

L'historien , le poète savait qu'un bibliopole à qui il confierait le soin de publier son ouvrage , en tirerait un profit , déduction faite des frais de papier , de transcription et de reliure ; comment croire qu'il n'ait pas cherché à le partager avec lui , en mettant un prix à son manuscrit ? J'en conviendrai : la facilité , la liberté de contrefaire pouvait rendre ce prix très-modique ; mais la copie n'avait pas moins une valeur vénale , et rien de plus simple et de plus juste de la part de l'auteur , que d'en donner une à son premier type.

Cinq deniers ou 4 fr. de notre monnaie pour l'achat de 117 épigrammes de Martial , dont plusieurs ne sont que des distiques , eussent été un prix exorbitant , s'il n'eût fallu qu'indemniser le bibliopole du travail d'un esclave à qui il ne fournissait qu'un entretien très-modique , et qui devait écrire avec cette rapidité dont les annales des temps antérieurs à l'invention de l'imprimerie , nous fournissent de nombreux exemples ; mais l'éditeur devait retrouver dans la vente un bénéfice spécial et la compensation des sommes payées pour l'achat du manuscrit. Telles ont été , chez les anciens , les bases de la valeur des copies , considérée indépendamment de l'affection ou du caprice de l'acheteur et sans égard aux circonstances particulières (1).

Trouverons-nous également quelques indices sur les conditions de la cession de l'ouvrage et de l'abandon que l'auteur faisait d'une propriété encore incontestable, puisqu'elle n'était pas sortie de son porte-feuille ? Ils nous seront fournis par une anecdote qui démontre aussi quelles furent dans tous les temps la puissance du génie et l'influence des compositions littéraires sur les esprits les plus incultes.

L'édile Cécilius préparait des jeux pour les Romains : il apprend qu'un esclave, carthaginois de naissance, vient de composer une comédie ; bientôt il le mande chez lui : le poète, couvert des attributs de l'esclavage et peut-être des haillons de la misère, ose à peine franchir le seuil du cœnaculum, où le magistrat romain prenait alors son repas. Tu as fait une comédie, récite-la moi, lui dit Cécilius, sans changer de place et d'attitude. L'esclave, d'un ton humble et modeste, prononce les premiers vers ; aussitôt il est interrompu par l'ordre de s'approcher : il fait timidement quelques pas et continue sa lecture. Le prologue est achevé, alors l'édile l'appelle auprès de son lit ; à peine a-t-il commencé la première scène, qu'un jeune enfant lui prépare un siége où il se repose. De nouvelles beautés excitent de nouvelles émotions et transportent l'âme du magistrat hors d'elle-même : dans son enthousiasme, il oublie sa

---

(1) Quatuor est nimium ? poterit constare duobus,
Et faciet lucrum bibliopola Tryphon.
Martial, XIII, 3.

propre dignité , fait dresser un lit pour le poète ,
l'oblige d'y prendre place , écoute la pièce jusqu'à la
fin , et se livre sans contrainte à l'admiration la plus
vive. Enfin l'édile continue son repas , le fait partager
à l'esclave qu'il vient d'élever jusqu'aux prérogatives du
citoyen romain , et le congédie en lui comptant six
mille écus pour prix de son ouvrage (1). Ce poète , le
Molière de son temps , était Térence , qui devint bientôt
l'ami de Lélius et de Scipion.

Je reviens à mon sujet : il est vrai qu'Horace semble
nous indiquer qu'il ne vendait point ses ouvrages (2) ;
mais il ne serait pas juste d'en conclure que tel n'était
pas l'usage général à Rome ; car ce poète, en exprimant
qu'il ne doit pas être assimilé à ceux qui lisaient leurs
écrits dans tous les lieux, qui les affichaient chez tous
les libraires , paraît plutôt vouloir se placer dans une
exception et s'en faire un mérite personnel , que con-
tester ou blâmer cet usage. Il importe donc peu que
quelques auteurs n'aient pas autrement publié leurs écrits,
qu'en les communiquant à leurs amis , à leurs patrons
qui les faisaient copier , les remettaient à d'autres qui
les transcrivaient de même , et toujours gratuitement ; il
est indifférent que ces auteurs n'aient exigé aucun prix
des bibliopoles qui s'en emparaient tôt ou tard.

Si , ce qui est incontestable , le commerce des livres
forme une profession honorable ; si l'on voit des écrivains vendre eux-mêmes leurs ouvrages, ou les faire

---

(1) Suétone , *in Terentii vita.*

(2) Nulla taberna meos habeat neque pila libellos.
Horace , liv. I , sat. 4.

débiter pour leur compte (1) ; si des bibliopoles recher-
chent et sollicitent des auteurs l'avantage d'être leurs
éditeurs (2) ; si ce genre de spéculation devient l'objet
d'une attention particulière du pouvoir souverain (3) ;
enfin, si les édiles ou de riches particuliers achètent du
poète sa comédie pour les amusemens du peuple dans
les jeux publics (4), lorsqu'il eût été bien facile, dans
la supposition de la non existence d'une propriété exclu-
sive, de s'en procurer une copie, on ne peut se refuser
à croire à la vénalité du premier manuscrit, parce qu'elle
est fondée, et sur la nature des choses, et sur l'impos-
sibilité d'admettre un désintéressement qui serait aussi
extraordinaire chez les anciens que chez les modernes,
et enfin parce que cette opinion repose sur de nombreuses

---

(1) Martial, lib. I, ep. 27, 66, 107; IV, 72 ; I, 29.
Cette dernière épigramme dans laquelle l'auteur, par
une tournure heureuse, confond sa réputation littéraire
avec sa propriété matérielle du livre, et feint d'aban-
donner l'une gratuitement au plagiaire et de ne mettre de
prix qu'à l'autre, indique que Martial, du moins pendant
un temps, faisait copier ses écrits chez lui et les vendait
lui-même directement aux acheteurs.

Le commencement de l'épigramme 117 du liv. I, vient
encore confirmer cette opinion.

(2) Quintilien, épître à Tryphon, à la tête de ses *Instit.
orat.*

(3) Justinien, *Instit.*, l. IV, tit. 4, §. 1.

(4) Menandri Eunuchum postquam ædiles emerunt....
Terent. Eunuch. prolog., v. 20.

.... Sed cum fregit subsellia versu,
Esurit *intactam* Paridi nisi vendat Agaven.
Juvénal, sat. VII, v. 84.

inductions, tirées de plusieurs écrivains de l'antiquité (1).

Cependant, il faut en convenir, la propriété littéraire n'était que faiblement assurée ; car, d'une part, il entrait dans les droits du bibliopole de reproduire à volonté le premier exemplaire qui tombait en son pouvoir ; d'autre part, les particuliers, par le moyen de leurs *librarii*, en prenaient un nombre illimité de copies ; et les savans enfin transcrivaient les livres de leur main pour se former le style, comme l'histoire nous en fournit un exemple dans Démosthène, qui copia huit fois les œuvres de Thucydide. Mais il ne faut pas en conclure que cette propriété fût tout à fait inefficace : une signature de l'auteur ou de l'éditeur pouvait rassurer le lecteur sur la fidélité et sur la correction des exemplaires composant l'édition *princeps ;* cette édition n'était sans doute émise qu'alors que le nombre des copies était suffisant pour satisfaire en un jour la curiosité publique, excitée par la nouveauté de l'ouvrage et la réputation de l'écrivain ; le bibliopole pouvait ainsi compter sur un débit capable de satisfaire ses intérêts commerciaux. Voulait-il publier une seconde édition du livre dont il était propriétaire ? il annonçait des augmentations, des commentaires et des corrections de l'auteur ou d'un autre savant, et ces moyens lui procuraient les mêmes résultats.

---

(1) Pompilius Andronicus.... Cumas transiit ibique in otio vixit, et multa composuit : verum adeo inops atque egens, ut coactus sit præcipuum illud opusculum Annalium Elenchorum sedecim millibus nummûm cuidam vendere. Quos libros Orbilius suppressos redemisse se dixit, vulgandosque curasse nomine auctoris, Suétone , *de Illust. Gramm.* cap. 8.

Il n'est pas hors de propos de rappeler ici quels étaient
chez les anciens les usages qui se rattachaient au commerce de la librairie. Ces usages durent être les mêmes
à Rome qu'à Athènes ; car cette dernière, en perdant sa
liberté ou son influence politique , conserva long-temps
encore l'empire des arts et des lumières , et fut la source
où les Romains puisèrent leurs règles et leurs habitudes
littéraires.

Les livres se composaient d'un assemblage de peaux
de mouton (1) ou de feuilles d'une plante appelée *Papy-
rus* , croissant dans les marais du Nil (2) : ces peaux et
ces feuilles , préparées à cet effet , et polies au moyen
de la pierre-ponce , étaient toutes coupées dans les mêmes
dimensions et cousues ensemble ; elles formaient autour
d'un cylindre de bois ou d'ébène un rouleau qu'on ren-
fermait dans un étui garni de pourpre, de ciselures, ou
d'autres ornemens (3).

Chaque feuillet , écrit d'un seul côté (4) , ne portait
qu'une page couverte de caractères tracés avec un roseau
effilé et fendu à la pointe (5) , et formés d'une encre

---

(1) Si comes ista tibi fuerit membrana , putato
Carpere te longas cum Cicerone vias.
Martial , XIV, 186.

Pellibus exiguis arctatur Livius ingens.
Idem, XIV, 183.

(2) Pline , *Hist. nat.* XIII , 11.

(3) Rasum pumice purpuraque cultum.
Martial , I , 117.

(4) Juvénal , sat. I , 6. Martial , VIII , 62.
(5) Cicéron, Horace , Perse , Juvénal , etc.

noire (1), analogue à la nôtre, et également conservée
dans une écritoire (2).

Les volumes et leurs étuis étaient placés dans des boîtes
ou des armoires, et rangés chacun dans une case
d'une conformation analogue à sa longueur et à son
épaisseur (3). Le titre de l'ouvrage, énoncé sur une éti-
quette suspendue à l'étui, facilitait les recherches du bi-
bliothécaire qui pouvait sortir le volume de cet étui, en
tirant le cylindre, au moyen d'un petit bouton d'ébène
ou d'ivoire, qui y était implanté (4).

Les bibliothèques ne contenaient pas, il est vrai, un
aussi grand nombre de livres que celles qu'on admire
dans les cités modernes : la difficulté de reproduire un
écrit, et le nombre des écrivains moins grand alors
qu'à présent, en étaient les causes naturelles ; mais ces
utiles dépôts des connaissances humaines ne devaient
pas moins occuper de vastes emplacemens, en raison de
la forme des volumes et de la manière de les arranger.

---

(1) Cicéron, VI *ad Attic.* 8. Perse, *Sat.* III, 11 et 14
Horace, *de Arte*, 440, etc.

(2) Sortitus thecam, calamis armare memento.
                                Martial, XIV, 17.

(3) De primo dabit alterove nido.
                                Idem, I, 117.

(4) *Umbilicus.* Martial, I, 67, *et passim.* L. 52, ff. de
legatis et fideicommissis, III.
Cette loi contient les détails les plus amples sur la matière, la forme, la reliure, les ornemens des livres, la
division en volumes, et leur disposition dans les bibliothèques.

Les boutiques des libraires étaient ordinairement placées près des temples et des théâtres , et dans les lieux
où l'affluence des personnes pouvait faciliter la vente :
il paraît qu'elles se trouvaient en plus grand nombre
dans *Argilet*, deuxième quartier de Rome. C'est là que
demeuraient les Atrectus , les Tryphon et les principaux
bibliopoles comme dans un lieu qui leur était, en quelque sorte, spécialement affecté (1).

Ces libraires n'avaient point , comme ceux des temps
modernes, la ressource des *prospectus*, des bulletins et des
affiches pour faire connaître au public et annoncer la vente
des éditions qu'ils avaient entreprises et achevées ; cependant ils inscrivaient sur des colonnes , au-devant de
leurs boutiques (2), les livres qui y étaient à vendre ,
les noms des auteurs et les nouveaux ouvrages qu'ils
croyaient pouvoir exciter la curiosité. La perfection
dans le talent du copiste , la beauté des caractères , la
correction dans les copies étaient aussi des moyens de

---

(1) Argi nempe soles subire letum :
Contra Cæsaris est forum taberna.

Martial, I , 117.

Limina post Pacis , palladiumque forum.

Idem I , 2.

Argiletanas mavis habitare tabernas.

Idem , I , 4.

(2) Non dî , non homines, non concessere columnæ.

Horat. *de Art. poet.* 373.

. . . . Neque pila libellos.

Idem , *Sat.* I , 4.

Scriptis postibus hinc et inde totis ,
Omnes ut cito perlegas poetas.

Martial, I , 117.

succès, et nous voyons les auteurs eux-mêmes ne point
oublier d'adresser sur ce point à leurs éditeurs de pressantes sollicitations (1).

Les monumens historiques les plus certains nous
apprennent que les bibliopoles ne jouissaient pas, dans
l'exercice de leur profession, d'une liberté illimitée, et
que l'autorité publique, en vertu des lois ou des constitutions des empereurs, intervint quelquefois pour empêcher ou punir la vente de certains ouvrages et en
faire brûler les exemplaires (2). Souvent les auteurs,
éditeurs et distributeurs furent frappés du même coup,
et la peine de mort leur fut infligée. Ainsi la liberté
d'écrire dans tous les temps subit les mêmes phases que
la liberté civile ; et chez les anciens aussi, on ne se contenta pas de lui tracer de justes limites, on voulut encore
la contrarier ou l'anéantir. Que les livres impies, irréligieux, obscènes ou diffamatoires eussent été recherchés,
et leurs auteurs et vendeurs punis de peines sévères,
c'était un juste hommage à la morale, à la religion et
à la vertu ; mais on poussa la rigueur jusqu'à trouver
un crime de lèse-majesté dans des phrases où respiraient
encore quelques souvenirs de cette liberté qui venait
d'expirer à Rome. La ville des Scipion eut un Séjan

---

(1) Multum autem in tua quoque fide ac diligentia positum est, ut in manus hominum quam emendatissime
veniant. Quintilien, épître à Tryphon, déjà citée.

(2) Diogène Laërce. Machabæor. lib. I, cap. 1, v. 59.
Act. Apostol. cap. 19, v. 19. Arnobe, lib. IV. Tacite, *Annal.*
XII, 29. Valer. Max. VI, 3. L. 4, §. 1, ff. familiæ erciscundæ. L. un. Cod. de famosis libellis. L. 6, Cod. tit. V.
de hæreticis.

pour ministre, des Natta et des Secundus pour déla-
teurs, et un Crémutius Cordus pour victime (1).
Parlerai-je des journaux chez les Romains? On les appelait *diurna acta*, *diurna urbana*, *commentarii* (2). Il ne
paraît pas qu'ils eussent tout à fait le même objet que les
nôtres. Destinés à conserver le souvenir des événemens
importans, des magistratures et des faits intéressans
sous le rapport des mœurs et des usages, ils étaient
rédigés par les pontifes, ou sous leurs yeux, par des
secrétaires (3). Les tables sur lesquelles on consignait
le récit journalier des choses nouvelles, s'exposaient
aux regards du public dans les temples, et particuliè-
rement dans celui de la Liberté. Elles ne contenaient pas
des dissertations sur les doctrines politiques et la marche
de l'administration, mais de simples annales et des re-
cueils de faits qui méritaient d'autant plus de crédit,
qu'un magistrat vénérable et inspiré par le patriotisme,
présidait au choix et à la rédaction. Ces tables furent
long-temps publiques, et leur contenu parvenait à la
connaissance des citoyens par l'inspection et la copie que
chacun pouvait en faire, et par la facilité de les trans-
mettre par correspondance dans toutes les parties de
l'empire. L'histoire ne nous apprend pas que des particuliers, ou l'autorité elle-même, eussent entrepris une
émission régulière et périodique de ce genre d'écrits;
et quoiqu'on puisse présumer son existence, d'après un

---

(1) Tacite, *Annal.* IV.
(2) Cicéron VIII, *ad famil.* 2, *Diarium*, *ephemeris*. A.
Gell. V, 18. Pline le jeune, II, 56; VII, 53; VIII, 61.
Tacite, *Annal.* XIII, 31; XV, 22, 74.
(3) Cicéron, *de Oratore*, II, 12.

passage de Tacite , *Annal.* xvi , 22 , il est probable que la curiosité des provinces était alimentée plutôt par les lettres missives (1) que par des feuilles manuscrites quotidiennes.

Les événemens politiques interrompirent de temps en temps la continuité des journaux ; mais comme Suétone nous l'apprend , Jules César leur redonna la vie (2) ; les empereurs vinrent bientôt changer cet ordre de choses ; le temple de la Liberté , duquel s'écoulaient ces écrits inoffensifs , étant à leurs yeux une source impure, le génie rédacteur fut relégué dans le sénat. Octavien chargea l'un de ses membres de recueillir les annales de l'empire, et se réserva expressément sa nomination (3) ; des secrétaires appelés *actuarii*, les rédigeaient sous la surveillance de ce censeur ; et cependant elles restaient secrètes, l'empereur en ayant défendu la publication (4).

Chose étonnante ! Néron fut moins soupçonneux, il laissa une libre carrière aux journaux. Vespasien, ce prince dont les monnaies portaient pour légende *Libertas publica restituta*, en agit de même, et ils existaient encore du temps de Tacite, lorsque les règnes de Nerva et de Trajan faisaient oublier celui du farouche Domitien.

Les barbares éteignirent dans Rome ces premières étincelles du foyer des lumières. Dans le 15e siècle, à l'aide de l'imprimerie, Venise et la Hollande le virent renaître : l'Angleterre sous Elisabeth commencait à s'é-

---

(1) *Cicero filius Tironi* apud Cic. XVI *ad Famil* 25.

(2) Suétone , *in Jul. Cæsar.* , c. 20.

(3) Tacite, *Annal.* , V , 4.

(4) .... In queis ne acta senatus publicarentur. Suétone, *in Aug.* 36.

clairer à sa lueur, et notre âge enfin le retrouve à l'apogée de sa force et de son éclat.

En rappelant à votre souvenir, MM., quelques traits de l'histoire de cette langue muette, qui, empruntant le secours des caractères et associant ses progrès aux développemens d'une utile industrie, nous a transmis le secret des sciences et des arts, je ne dois pas omettre de proclamer une vérité qui semble en découler : c'est que la liberté de la presse, unique moyen d'éclairer rapidement tous les hommes, ne doit être limitée que par les nécessités de l'ordre social, et que, semblable à la pensée, elle ne connaît d'autres guides que les conseils de la raison (1).

---

(1) Cette dissertation fait partie d'un ouvrage que l'on se propose de publier sur la propriété littéraire en France, lorsque la législation sera fixée sur cette importante matière.

www.ingramcontent.com/pod-product-compliance
Lightning Source LLC
Chambersburg PA
CBHW061524170626
46811CB00004B/1836